# 花西行

*Hana-Saigyo*

Masaki Kuwahara

## 桑原正紀歌集

現代短歌社

# 目次

装幀・間村俊一

# 花西行

## 耳すます薔薇

朝あさに確かむる薔薇の枝先に今朝はいくつか朱のきざす見ゆ

その下に牝猫ねむる薔薇の木をミーコの薔薇と名づけて二年

去年《こぞ》死にし牡猫レオはまだ低き黄の薔薇の木の下にねむれり

猫たちは黄の薔薇ピンクの薔薇と化《な》り風とたはむる在りし日のごと

大輪のピンクの薔薇にまだ小《ち》さき黄の薔薇そへて妻に持ちゆく

妻と吾《あ》と猫の話をする傍《かた》に耳すましゐる薔薇と思へり

眠さうな妻をうながし歩かせて夕かげのさす階段に来つ

階段を「よいしょ、よいしょ」と昇りゆく妻の頤《おとがひ》を汗ひかり落つ

足取りの確かになりてもう誰も危ぶまず見る妻のリハビリ

「がんばれ」と言へば「がんばる！」と言ふ妻のリハビリを壁の蝿が見守る

# 十二苦

〈天意〉とは思へどされどこれの世に河野裕子のなきこと悲し

遠空《とほぞら》の夕あかねしてさびしもよきみの忌日はわが誕生日

雨音のつのる夜更けを樫の実の独りの想ひ徐々にするどし

義姉関口由紀子の命日も八月十二日

荒梅雨の夜更けを辛《から》く書きにける遺歌集あとがき　二十五年前

忘れたきこと多き世にさらさらとなべて忘るる妻をうらやむ

四苦八苦、十二苦の縛《ばく》の外側にほほゑむ妻よ悟者のごとしも

ソーマのごとく

消灯のまぢかき夜の病棟は森のひそけさ　ものごもる静

足音をぬすみて急ぐ病棟にわれはおのづから五感するどし

ほそりゆくいのち数体づつ容れて病室しんと両脇に並む

にんげんの終末の気の濃く籠もる夜の病棟をつつしみて行く

心電図モニター音の響きゐるナースステーションに人影あらず

いつもいつも廊を見張れる老人のベッドの中の目がこちら向く

誰何せむばかりに睨む老人よ哨戒中の兵のごとくに

ひそひそと廊ゆくわれは老人に匪賊の一人と見えてをらむや

廊の奥に白き人影あらはれてたちまち次の部屋に消えたり

ひそやかにすみやかに動く人影は若きナースにて妊娠五ヶ月

死に近き老いを世話するその人の胎《はら》に五ヶ月のいのちうごめく

身ごもれるナースがひくく身をかがめ老いにかけゆく声のやさしさ

百一歳の伊藤氏はもと医者にして「先生」と呼べばうすく目をあく

消えゆかむいのちが未だ生まれざるいのちをいまし祝ぎたるやうな

病棟の果ての部屋にて待つ妻のあれば急げりもの思ひせず

恩寵といふべし癒ゆるに遠けれど妻にたしかないのちあること

「お帰り」といふ妻の声あかるくて甘露液《ソーマ》のごとく疲れに沁みぬ

がんじがらめ

「時計草おくりました」と言ふからに苗かと思へばその実がとどく

〈時計草〉はパッション・フルーツと名を変へて澄まし顔せり都会の店で

隠れ場所なき交差点にぢりぢりと日に灼かれつつ信号を待つ

白旗をあげてゆるしを乞ふごとくハンカチ翳す炎帝に向け

今日妻は調子がいいのかわるいのか鼻唄まじりにご飯を食べる

行儀作法をうるさく言ひしこのひとが鼻唄まじりにご飯を食べる

「何の歌？」と訊けば「消化にいい歌！」と答へて妻は悪気もあらぬ

おどろきてやがて嘉《よ》みせりいま妻を縛するもののなにもなきこと

屋上に昇り来たれば板橋の空のひろさよ月ひとつ置き

指さして妻に教へぬ日々そだつスカイツリーといふ竹の子を

「短歌人」が届けば小池光の歌まづは読みたり妻恋ひの歌を

クールなる小池がかくも愚図愚図になりて妻恋ふ　眼底《まなぞこ》熱し

感官に触るるるものみな亡き妻につながりてがんじがらめのやもを

かうとしか詠めない歌があることを知るゆゑにただ読みて嘆かふ

## 蠟涙

年賀欠礼葉書に見たる亡き人の名は「Y子」ああ初恋の人

玄関の灯りの下に佇みて〈死者〉君の名をいくたびも読む

マドンナと呼ばれし白き顔《かんばせ》のほほゑみ若きままよみがへる

わが席のうしろに坐る君のこゑあたたかかりき春日のごとく

やなぎ垂るる平和公園、水ひかる太田川　わが恋の背景《かきわり》

君と語る文学、世界、人生はきらきらとして豊かにありき

川べりのベンチに坐りあるときはふたり声なく夕陽みてゐし

君の死を悼む夜陰のしづけさに堪へがたくして奔る蠟涙

## 海舌

はつかなる地の身じろぎが人間の生を、日常をたちまち奪ふ
盤石といふ暗喩さへあやふくて思へば薄皮のごときプレート

海もまた愕きにけむ深処より揺り上げられて地を駈け上がる

傍観の安らぎに居る我と知り、知りつつもテレビの津波に見入る

町並みをまるごと押して潰しゆく巨大ブルドーザーのごとき海舌《かいぜつ》

あそぶにも似て地をはしる海舌を黙し見つむるただに見つむる

繰り返し流さるる大津波の映像を上目に見つつ足の爪きる

海べりの十数万戸が一瞬に舐めつくされつ人もその生も

死者行方不明者一万余避難生活者三〇万余　石くれの数にあらずて

あつけなく拉し去られし数万のいのち悶ゆるごとき海波

地が揺れて海が膨れてあまつさへ目にとらへ得ぬ魔物が目覚む

人間の創り出したるデーモンが囲《ゐ》を越えんとす地震ののちを

デーモンを生む胎《はら》だつた洋梨に似る原子炉の格納容器

見えざれば恐怖の実《じつ》もおぼろにておぼろのままに放射能を語る

狎らされてゐしおのが愚を思ひ知る原子力発電の安全神話に

光量を落とせる駅のコンコースをただよふ不安の器たる人、人

いまさらに思ひ至りぬにんげんは力なき蚯蚓《みみず》、力なき蛙

## アスラとインドラ

ひさびさの家居のどけし小半日ひなたの飴のごとく蕩《とろ》けて
きりきりとすすむ時間をすいと逸れ半睡仏となりてたゆたふ

バラの木の下にねむれる猫二匹おもへり遠き星あふぐがに

永遠の時間のなかに還りゆきしいのちがわれをおもふ慥《たし》かに

生が死をおもふとき死が生照らし眩しきかなや五月のひかり

もつともつとわれは生くべし生死《しやうじ》即涅槃《そくねはん》をうたふ風につつまれ

筆立ての影が左へ三十度移るころ徐々にうつつにもどる

猫好きにハガキ書き終へ猫切手貼るときふつとゆるむ口もと

しかすがに原発事故の行く末のいまだ見え来ず責任者また

原発の利権貪りしだれかれの顔見えねども必ずやゐる

インドラに負けしアスラの血涙のごとき落日　悪栄ゆべし

コンビニの冷蔵庫のドア開けしとき冷気と杳《とほ》き海鳴りこぼる

## フクシマ

深思ひ妻はせぬなりかたはらの菖蒲がほどになづきすずしく

「健やかに忘る」と書いて「健忘」とはよき言葉かな「症」にはあらず

六階の病室の窓に湧き上がり雲かがやけり梅雨明けの今日

梅雨明けを妻に告ぐれば「洗濯をしなくっちゃね」と嬉しげに言ふ

労働をおもふのみにて歓びの湧くらし長く病む身にあれど

労働の対価は生きるよろこびとしんそこ思ふ夏雲のした

窓外にムクリコクリと育ちゆく雲の白さは脅かし持つ

盛り上がる夏雲しろし放射性物質ひそむかがやき持ちて

夏雲のした黙々と働ける原発事故処理の人らを思ふ

防護服の中にたちまち汗溜まり水辺ゆくごとき音のするとぞ

ものの影みじかき真昼その影を拾ひ拾ひて歩む炎天下

炎天にうすぎぬやうにかがよへるものを懼《おそ》るる〈フクシマ〉以後を

ヒロシマを、ナガサキを灼きし閃光がいまゆるやかに耀《かがよ》ふとおもふ

だれもかれも〈私のせゐではない〉といふ顔をして説く原発事故を

ベクレルとかシーベルトとか言ふけれど実感のない単位は不気味

民草やいつも追はるるものにして戦乱に追はれ放射能に追はる

言葉は罪、平和利用といふ語もて核の怖さを蔽晦《へいくわい》せりけり

にんげんの叡智と愚昧こもごもに茜よぢれる暮れちかき空

愛のかたち

妻病みて七年たちぬ非日常が日常となるまでの歳月

八月の暦に湧ける夏雲を妻は見つむるとほき目をして

病室に掛けし暦の下半分乱数表のごとく見えゐむ

継母《はは》の死を負ひて生き来し甥つ子が四十の年に父になるといふ

夜のふけを食べるどん兵衛ほのぼのと湯気あげてわがまなこを濡らす

暑気いつかをさまれる夜を白雲がなにもなかつたやうに浮かべる

アナトール・Fが言つたわけではないけれど時間は最も優れた箒

わが窓を貧乏葛《びんぼふかづら》の蔓先がのぞきて揺るる蟬鳴かぬ昼

土に敷く去年《こぞ》の落葉を踏みゆけば音に走りてカナヘビか逃ぐ

公園に五つのベンチ散在しひと組づつのカップルを置く

夏雲の盛り上がるあり浮かぶあり愛のかたちはひとつではない

「もうわたし齢とったわ」と足元の鳩がつぶやく馴染みの鳩が

命ひとつ出でたる穴を覗き込み点検して蟻は足早に去る

八月は壮んなる月老い初めし身の奥底のうずうずとして

われにまだこんな体力あることをよろこびて駈く緑《あを》き隧道《とんねる》

エロスとは生のわななき肉《しし》燃えて熱き息吐く夏草の上

森深きベンチに憩ふ身のめぐり近き蟬声《せんせい》、遠き人声《じんせい》

脈絡もなく思ひ出づ昨夜《よべ》の夢にジンベエザメを見上げゐしこと

なぜそんなに低くちひさく咲いてゐるオオイヌノフグリ含羞の藍

雲たかき八月六日甥つ子のメール飛来す「無事うまれた！」と

をりをりに心を占むる哀楽の機微のおもしろ生のおもしろ

## 涼しき韻

朝戸出の路地に鉄気《かなけ》のにほへると嗅ぎゆけばキンモクセイ咲けり

去年《こぞ》の秋こんないい日は妻連れて公園の秋を見に行きにけり

〈あの日〉より清明、芒種、処暑すぎて列島はいまひえびえと秋

「セシウム」と言へば涼しき韻《ひびき》ありて秋のひかりにひそんでゐさうな

天災にまぎれて知らんぷりをする人災いくつ原発事故また

虫の音をききつつおもふひたすらとさかしらの間《かん》の遥けき懸隔《へだて》

呪ふより謳ふがよろししかすがに愚かで昧《くら》い人の世である

## 月光の燦

夜のふけをコルトレーンのサックスがベースとフレンチ・キス繰り返す

雲ぬけてかがよふ月のあかるさに照らしだささるる思ひありけり

かたはらに歓喜天ゐる思ひするまでにあやしき月光の燦

渇仰としておもへらく月光にさらされてしろく浮きいづる肌

たをやかにしろきおよびを泳がせてほそ息もらすわが歓喜天

朝の床にぽかんとをりぬ夜といふ非日常より突き放たれて

湯を沸かすあひだに喫へる一本の煙草に目覚めゆく脳細胞

眠ること目覚むることのあいまいに横たはりゐる妻を思へり

血に触れてとはに目覚めぬ細胞が妻のなづきのおほかたを占む

明視すべき世にあらざれどあたらしき眼鏡を妻のためにつくりぬ

あたらしき眼鏡をかけてほんのりと破顔し言へり「ああ、よく見える」

りんだうの花にちかづく唯一のましてー度のいのちたふとむ

## 馬穴

寺山の歌教へつつ燐寸擦る動作までしてみせる代《よ》となる

馬穴《バケツ》といふ表記の謂《いひ》を訊ける子としばし無言に馬穴を想ふ

「富嶽百景」佳編なれども「私」のこころの歪《ゆが》み教へ難しも

生徒用の太宰治年表は小綺麗すぎてこれではだめだ

「便覧に載らない太宰治年表」を作り配れば「おお」とどよめく

心中や自殺を語るは難しく貶《おとし》めぬやうに美化せぬやうに

磊落な井伏鱒二を活写する「放屁なされた」に生徒が笑ふ

「富士には、月見草がよく似合う」この一文にほうと声出づ

## 寛歩

両側に金のついたて立つごとき道をゆく人みな寛歩《くわんぽ》せり

をりをりにはらく金のいちやうの葉かしこきもののさまに降り来る

われの生《よ》に降りこし幸のおほかたはつましけれどもそれぞれが金

華甲すぎて、さて何が幸　生きてゐることをまづもて幸とこそすれ

礼拝堂に三百の生徒すわりゐてひとりふたりと首が消えゆく

ほかほかと冬の礼拝堂ぬくし神の御胸《みむね》にゐるならば寝よ

学校付牧師《チャプレン》がながき話を終へしとき百個の首が消えてゐたりき

礼拝堂の扉《と》を外側に押し開けて冬のひかりを招き入れたり

礼拝を終へたる子らが寝足らへる顔して空に大あくびする

人生論的教材はときに押しつけがましい

生徒らの未来時間のましろきに踏み入らぬやう言葉を選ぶ

ヘッドライトとテールランプの川となる夜の川越街道に入る

渋滞のはじまるあたりボタンひとつ押してＣＤのジャズを呼び出す

鍵盤に風ふるるかにさやさやと木畑晴哉《きばたはるや》のピアノ鳴り出づ

こんなにも繊細な音《ね》をピアノより曳き出す青年のこころをおもふ

## 歯車

三月の木下《こした》あかるむ土のうへ後ろ手をした鴉があゆむ

落ちてゐる手袋ひとつ五指曲げて片割れを激しく恋うてゐさうな

めぐり来し3・11　歯車に違和ある箇所がまたひとつ殖ゆ

メモリアル・デーとは言へど回想の日ならず常に忘れざるゆゑ

核による死をおもふとき太陽が百万倍の光をはなつ

賢くて愚かなるホモ・サピエンス火もて栄えて火にて滅びむ

団塊のまま老い靡くわが世代おもへり風の夕すすき野に

「全共闘」「バブル」を生みて老いなびく世代に功、罪いづれか重き

とむらひは儀式にあらず温石《をんじやく》のごと亡き人を胸に抱くこと

尸《なきがら》

昨夜《よべ》見たる羞《やさ》しき夢がふいに顕ち我とうろたふ昼月の下

新幹線の音重く降る高架下の花屋に春の花あふれをり

恋ふるのみにひと生終《よ》はらん一つにて「岩手銀河鉄道」の旅

想ふのみに逢ふを怖るる一つにて闇にしだるる三春滝桜

子をなして家族支ふる生活にとほく来しこと春空に問ふ

夜の道にライター擦れば手囲ひの宇宙に灰か仏立ちたり

今宵わが息の緒ほそし寒風に削がるるごとき繊月見れば

「尸《なきがら》」と柊二歌ひし自《し》がさまをありありと覚ゆ独り臥しゐて

乳母車と擦れ違ふとき幼な子が車椅子の妻をじつと見つめる

紅白の梅の木下に妻を率《ゐ》て赤き気白き気吸はせたりけり

春の陽を浴びて目つむる妻のかほ半跏思惟像に似たる穏しさ

妻といふほかなけれどもこの人を妻とし呼べば何かはみ出る

春の葬列

水の上に枝さしのべて咲くさくら　触るる、触れざるその間合ひ妙《めう》

遊星が引き合ふごとく花と水かたみに恋ひて今し触れなむ

咲く花の水に触れむとするのみに触れえぬさまをながく見つむる

せつなくてほのかに甘い執着《しふぢやく》を〈恋ひわたる〉とぞ言へり古人は

水の辺に咲けるさくらの懈《たゆ》けさや恋疲れせし女人のごとし

夜をまた来て見るさくらほの白く膨れて闇のなかに息づく

水の上に身をひろげつつしんしんと夜ざくらはみづに恋ひわたるかも

花とみづ婚《まじ》はるごとく夜の水はくきやかに白きさくらを映す

水の辺のさくら大樹に三日ほど通ひてこころほとほと萎ゆる

きはまれるおもひの果てにおのづからみづに散りゆくひとひら、ふたひら

身を捨てておもひを遂げしやすらぎにさくら花びら水面《みなも》をうづむ

見送れるあまたの人のおもひ乗せ逝く花いかだ　春の葬列

再稼働

朝あさに色ふかめゆくあぢさゐに今朝ふりしづむ雨のしづけさ

傘さしてチャペルに向かふ生徒らの巡礼ならぬ白き夏服

たましひの飢ゑなど知らぬ生徒らが戯《たはぶ》れしつつチャペルに入りゆく

日本の梅雨ぞらに立つ十字架をよぎりて二羽のツバメ飛びかふ

喉元をいまだ過ぎねど熱きものまた食はんとす再稼働決めて

## 燭と影

歳月がひとを磨くといふ比喩を少しはづれてわれ摩耗せり

「足長さん、お元気ですか」と妻あてに葉書来ぬ妻はまだ〈足長さん〉ゆゑ

見も知らぬ〈足長さん〉へ謝辞を述べ少女は医者を目指すと書けり

衣装ダンス三つに詰まる妻の服七年ぶりの風をよろこぶ

ふたたびを着るなき妻の洋服を虫干ししつつ処分をまよふ

たましひを鎮めんと探す言葉らが短歌《かたち》なすころ夕照りの庭

積乱雲くづるる空に一列《ひとつら》の歌消えゆけりわが魂《たま》の舟

かなかなのこゑ澄みとほるふるさとの夕べおもほゆ晩夏となれば

かなかなのこゑは世界が反転をはじめる合図いまもむかしも

夕かげに明る庭石　存在は非在の影としてあはあはし

うづくまる庭石がやがて曾祖父として立ちあがる夕まぐれどき

おそ夏の庭に降り立つうつそみの昏き血めぐり蚊はしきり飛ぶ

風いでて珊瑚樹の葉をわたる音いたく乾けり夏終はるらし

かねたたき鉦《かね》叩きつぐ夜の庭に地中の猫の眠りは深し

歌はわが手作りの燭まよひ行く無明世界をときに照らして

ゴキブリ消えた

生活臭なくなりしよりわが家からゴキブリ一個大隊消えつ

猫までが見飽きて追はうとしなかつたゴキブリたちはどこへ行つたか

わが家からゴキブリ消えつゴキブリに見限られたる我にあらずや

亡き人をおもふは辛しされど亡き猫をおもふはたのし何ゆゑ

あからさまなる政局のかけひきを苦艾《にがよもぎ》嚙む思ひに眺む

おほいなるものの気配に覗きたるバックミラーのなかのゆふやけ

稍《やや》ましな教師になつたかと思ふころ退職近しあと一年余

放課後の廊下に秋の日の脚とキンモクセイの香ときてをりぬ

## ふるさとは秋

機上より見おろす山にほのぼのと黄や赤点《さ》せりふるさとは秋

ぐいぐいと機首をさげゆく飛行機は双手ひろげて秋をよろこぶ

降り立ちし広島空港山中にあれば山の気にまづ抱かるる

三次《みよし》高校までの道沿ひ秋ふかし柿実るラピスラズリの空よ

かたじけな生徒七〇〇人の目がいつしんに向く壇上のわれに

山の子の澄む目に向かひ戸惑へり十代のわれと向き合ふやうで

いただきし花束を父母の墓に置き無沙汰わぶれば母の笑む見ゆ

たうとつにわが願ひたりわれもまた父母の墓辺に眠らむことを

骨となりここに帰らむ日のことをおもへば心ほのかに温し

木や石がここにかうして在るやうにふるさとの土とやがてならむよ

## レーゾン・デートル

七年を妻の長病む歳月に自民が大敗し、大勝したり

大震災、原発事故もさらさらと妻は忘れつ悟者のごとくに

のんのんと妻のなづきはいつも春おもひつめるといふことなくて

食べてゐることを忘れて呆とせる妻よ頬つぺがリスのやうだよ

思ふことが存在理由《レーゾン・デートル》といふならば妻はいかなる存在ならむ

病院で採点すればのぞきこみ「手伝おうか」と妻は言ひたり

学校の記憶に触るるをりをりにぱちりと目覚む妻のたましひ

ほのぼの

いつしらに母の忌すぎて霜月尽いちやうは金のかがやきを増す

あそびゐし子らいつか去り公園の砂場にふかき穴残りをり

掘られたる砂場の穴に湧きみづのごとく溜まれる秋のゆふやみ

いちやう樹の秀《ほ》に光《て》り初むる金星をすこし老いたるまなこにあふぐ

炊きたての飯よそふときほのぼのと顔つつむ香を母とおもへり

一人用の惣菜がよく売れることなにか寂しいにつぽんの秋

子を作《な》さず妻を病ませてひとり食ふ男のうしろすがた見らゆな

老俳優死にたる報に「ああ」とこゑおのづから洩る秋の灯のもと

箸先に湯葉あそばせてあの世とのはかなき境おもひてゐたり

いまの吾がこころ弱りを抓《つね》るがに奈良美智《よしとも》の少女が睨む

かはいくて芯がつよくてちよいと拗ねて奈良美智の少女いきいき

試験期は教師も生徒もいううつですこし空気が重い学校

試験期も元気で明るいH君、成績わるいが君はそれでいい

会ふたびに「僕を歌ってください」と似顔絵描きに言ふごとく言ふ

油断して腹筋緩めゐるときに「先生、腹が出たね」と言はる

アメフトのディフェンス野郎の太鼓腹にぼよんと一発パンチくれたり

労働といふ実感にほど遠くひたすら眠い試験監督

期末試験最終科目終了のチャイムを追ひて歓声あがる

## 年末年始

玩具めくお供へ餅と松飾り買ひて師走の病院へ行く

病院で年を越すこと八度目となる妻よすでに感傷もなく

何のために何処へ急ぐか年の瀬の群衆に背を押されつつ行く

新しき年を迎ふるさざめきに底ごもる熱をおそれつつ行く

妻宛の四、五十枚の年賀状にまづ返事書くわが初仕事

友が撮り作りてくれし賀状なる妻の笑顔がひとをはげます

メビウスの帯たどるがに繰り返し繰り返し妻は年賀状読む

けふの日をすぐに忘るる妻に合はせ褻《け》の日のごとく元日を遣る

健脚のまぶしく競ふ駅伝を見終へて妻の初歩きする

とこはつはな

飼猫をうしなひてより三年が経ちぬしきりに掌《て》が恋しがる

猫を慰撫せしにはあらでてのひらの触感に吾《あ》が慰撫されにけむ

庭先で朽ちゆく藁のねこ、ちぐら、をりをり野良の四阿《あづまや》となる

ゆめのなかに常初花《とこはつはな》の笑みひらきふりかへりたるひとたれならむ

「老残」と自《し》を詠む清水房雄氏の梅の古木のやうな佳きうた

混沌たる熱気をはらむ群衆の行き先に巨《おほ》き罠のあるべし

頽齢《たいれい》のまぎれもあらず兆しきて未来とはすぐそこにある死

夢々と

水鳥のおほかた去りし池の面《も》のたひらにあそぶ春のひかりは

春の雲ひかりをためてふくらむを見上げつつ妻はすこやかに病む

日にあたり風にふかれてめざめつつ妻のいのちは春をよろこぶ

空をゆく鳥のこころや夢々《ぼうぼう》と妻はひかりを仰ぎほほゑむ

亀の絵に添へられてあるよきコピー「いっぽ、いっぽ、にっぽん」一歩、一歩、妻よ

見舞客に囲まれて妻はご機嫌さん食べきれぬほどのケーキもあるし

ケーキ箱かかへて車椅子に乗る妻を連れ出す花見をせんと

ふと見るとケーキ取り出し食べてゐる妻がみんなの笑ひを誘ふ

仕合はせといふはむつかしきことならず心を寄せて温《ぬく》め合ふこと

## 防護服

フルーツでも売れたるごとく爽やかに原発売り込みの成功を言ふ

売る阿呆に買ふ阿呆ゐることわりのあはれ春本、麻薬、原発

連休のさなかも防護服を着て働きてゐるいくたりおもふ

架空の地名を詠む

国特別管理区域甲・乙・丙、百年前の双葉・浪江・大熊町にて

衣通郎姫《そとほしのいらつめ》ならむみづからにひかりを放ち咲くハナミズキ

葉桜の熅《いきれ》の下に見渡せりひかりあまねき五月の校庭

来春は去るわたくしの感傷が処々方々の景にとどまる

歯のあひの食べかすが気になりだして午後の授業がうまく進まぬ

かたはらに日々建ちてゆく新校舎その竣《な》らむ日やもうわれはゐず

半分を残せる古き校舎にて授業をしつつわれ感傷す

退職するわが後任を採るための試験の話となれば中座す

「お母さんの短歌興室」近づきてケイタイメールがしきり来る今日

ケイタイで送られてくる作品はなぜか口語の短歌が似合ふ

# 夏の少年

入道雲へつづく線路のかげろふにまぎれてゆきし夏の少年

遠く高くかがやく雲が好きだつた八月生まれの少年われは

山国に育ちしわれのあくがれのごとくぐんぐん盛り上がる雲

どこまでもいつまでも夏の雲を追ひ行きしは出奔の予行なりけむ

夏の夜の川瀬に眠るいろくづがカーバイドランプの明かりに浮かぶ

岩かげの鮎を手づかみせしときにするどく背《せな》をはしる快感

夜の川の岸にひかりの澪《みを》を曳きほうたるあまた闇を濃くせり

少年の夏のねむりはくるしくて身ぬちをなにか蠢きやまぬ

五十余の夏くぐる間《ま》に少年は壮年《さだ》すぎていま定年近し

## モアイ像

ビルの間の空き地に育つ蔓草に黄の花咲きてカボチャと知れり

誰が植ゑしカボチャにあらむビルの間に五つ六つの黄の花咲かす

高足駄履ける乙女と知りつつもその足長にしばし呆《ほう》とす

モアイ像と渋谷のえにし知らねどもモアイ像の前にて煙草を喫へり

貼られあるねぶた、竿燈のポスターより囃子、掛け声まで聞こえ来る

或る夜ふいにやまだ紫に言はれたり「あなたは左の内臓を病む」と

わが妻と同じ病に倒れしがやまだ紫は即死せりけり

## 誕生日

東京をゲリラ豪雨が襲ふこと日癖となりて今日は板橋

埼京線浮間《うきま》舟渡《ふなど》の駅頭に白瀧なして降る雨見上ぐ

稲光と雷鳴がほぼ同時にて四、五十人の悲鳴かぶさる

アスファルトの道たちまちに川となるを舟待ち人のごとく見て立つ

妖怪《あやかし》の去りたる空か小一時間のちにじわじわ青ひろがれる

原爆忌けふ甥の子の誕生日　大切な死あれば大切な生あり

これの世に生まれて命ふれ合ふをえにしと呼べりえにし佳きかな

六十五年生きてふとも見返れば重石のいくつ身に引きずれる

逆説にあらずいくつもの重き荷がわが生《いき》をなす力となれり

マンションのエントランスにて鈴《りん》鳴らし経文を誦す笠ふかき僧

## お別れ申す

柩なる小窓をのぞきお別れを申すあの世をうかがふやうに

真上より見おろす不遜ゆるしあれ仰ぐおもひに変はりなけれど

生者ならば堪へがたからんつぎつぎと真上よりひとに覗かれること

死に化粧されしお顔の引き締まりむしろ艶々し田谷鋭氏の顔

寡黙にて芯つよかりし骨柄《こつがら》のにほふかんばせ胸ふかく蔵《しま》ふ

## 空を釣る

水辺よりひそけく秋は来向かひて早やガマの穂がほころびはじむ

すきま多き秋のひかりとおもひけり黄蝶ひとひらふと見うしなふ

空を釣る老人ひとり釣り竿を池にさし伸ぶ秋晴れの午後

追悼二首　田谷鋭・島倉千代子

みのり田の谷地に見えつつ風立てば黄波鋭く隠《かく》り世へ靡く

千のかぜ吹き代はり人は生《あ》れ代はりやがてみどり子として現《い》でこむ

車椅子押さるる妻と押すわれと黙して秋のひかり分け行く

うつむいてばかりゐる妻ほら顔をあげてごらんよ空がきれいだ

はた目には鬱病むひとに見ゆらめど妻のこころはまあるくからつぽ

しあはせもふしあはせもなきたひらなる心のさまを悟達といはむ

あきかぜや悟達のひとのかたはらに一生不悟のわれ立ちつくす

声かけて妻を俗世に呼び戻す「秋になったね」「そう、秋なのね」

子どもらが駈け抜けゆきて森閑と時間にとり残されし感じす

## 菊なます

朝あかね見つつ家出でて夕あかね見つつ帰りぬ今日のさきはひ

西空に茜たなびきアラビアの文字めけりなにか預言のごとく

秋深し地軸かたむくごとくにもひそやかにわれの齢かたむく

教員は体力勝負といふことば身に沁むころを定年むかふ

ふるさとにふるさとの川ふるさとにふるさとの山　父母なきのちを

定年後帰郷するかと問はれたるときにうろたふ棄郷者われは

あきかぜをふふむがごとき菊なます長塚節も食したらむか

小国寡民の思想を生みし国いまを超大国となりて苦しげ

秋ひかりすずやかなれど象《かたち》無きもの紛れゐて脅かし持つ

ほほゑみて「under control」と安倍言へり日本語の韜晦文脈に乗せ

猫グッズ猫カレンダーに囲まれて妻は臥しをりボスのごとくに

起き際に腰の痛みを訴へしまま寝たきりとなりたる妻よ

とつぜんに妻を襲ひし腰痛は歩かせ過ぎのゆゑかとおもふ

腰痛をすぐに忘れて起きんとしまた痛むるを繰り返す妻

腰痛のゆゑに歩けぬまま過ぎしひと月に妻の体力落ちぬ

脳力は体力と関はりあるらしく妻はいちにち呆《ほう》と臥すのみ

五メートルごとに休むを繰り返し妻を歩ますまづ試歩として

重力にさからひ歩む難しさ知りたり妻の一歩一歩に

べし

四十人の中一生がずるずるとズルズルと洟をすする教室

嚔《くしやみ》する、洟かむ、物落とす、トイレへ行く　中一の試験監督せはし

水つぽくてぽによぽによとせる集団を統べねばならぬ枯れ爺《ぢい》われが

わが疾《と》うに忘れし数式、公式が駆けまはりゐむ柔き頭脳を

「べし」といふ義務・命令の助動詞に鞭打たれやがて人間《ひと》となるべし

## インタビュー

認知症の老人を叱りつける声とほくの部屋よりきんきん響く

叱る声ききとめて身を固くする妻あはれなり妻も叱られたるか

粗相してもやさしく始末してくるる介護士に妻は「ごめんね」と言ふ

新聞のインタビュー受くる緊張に澄みてゆくらし妻の意識は

質問のひとつひとつに思慮深く答ふる妻よ脳病むと見えず

答ふるに窮せしときはわれを見て「あなたどうなの」と助けを求む

五分前の話をすでに忘れゐる妻に根気よく記者は向かへり

新聞の自《し》が写真、記事を遠き目に妻は眺むもゆゑわかずして

水の辺の日おもてに車椅子とめてひと月ぶりの日光浴する

さかな焼く要領に似てをりをりに妻の向き変へ冬の日に灼く

目つむりて冬の日を浴む妻の頰《ほ》に赤子のごとき朱のほのかさす

いま妻は日向ぼこする猫となり胎蔵界をただよひをらむ

## ひとつ崖

あら草の枯れし庭辺に灯のおよび白く乾ける冬の土みゆ

大歳の夜の独り居も九年目となりたり庭の南天赤し

カップ麺の中のちひさき蒲鉾の涙ぐましきまでにニッポン

月のなき大歳の夜の闇ぬひて響く鐘の音十《とを》までを数ふ

この年の凶、凶、凶事の間《あひ》にありし小吉事おもふ温みておもふ

去年《こぞ》今年またぎて選歌することを慣《ならひ》としたりこの二十年

定年の年明けたれば大いなるひとつ崖《はて》ぐいと迫れる感じ

マンションに高齢者増えひつそりと人の気配のせぬ三箇日

マンションも年老いたらむ閑けさをたのしむごとし門松立てて

## 鎌倉の鳩

親指の先につきたる切り傷に三日ばかりを悩まされをり

親指を使はずボタン嵌めるのは至難のことと今にして知る

親指を庇へば何もはかどらず親指はかくも働き者にて

ふくろふの像が所得《ところえ》顔《がほ》をして池袋駅に立つはいつより

〈くまモン〉の短軀短足デカ笑顔ゆるるるカバンのうしろを歩む

ゆるキャラを日本文化に押し上げしＪＫパワーの底力おもふ

「カワイイ」はいまや世界語その昔しきりに使ふ女子を叱りき

ゆるいとは少し違ふが〈ふなっしー〉のはちやめちやパワーに元気をもらふ

〈ふなっしー〉が好きだと言へば大笑ひする生徒らよそんなにヘンか

なんとなくプチ贅沢をしたくなりグリーン車に乗る鎌倉駅まで

冬の陽のぬくく射し入るグリーン車にうつらうつらと心をほぐす

車中眠に見し夢に我やふるさとへ向かふ列車に居眠りてゐき

夢《む》中《ちゆう》夢《む》より覚めて降り立ち鎌倉の駅のホームにほうとをりたり

鎌倉の鳩がくいくい歩み来てわれを見上げぬ「やあ」と言ひしか

うつくしくかなしく人のやさしさを綴りし詩人吉野弘逝く

やさしさが世界をおほふ日のあらばなどと夢想し　苦笑せりけり

死に票を投ずることに在り馴れて四十五年この世かはらず

死に票を投じて出でし夕路地に山茶花一樹暮れ残りをり

乗込鮒

たのめなき夜のこころを保たんと輪をもつ星をおもふ怡《たの》しく

鶴首に挿しし水仙いちりんがねむりたるらしことりかたむく

夜の思ひやさしくやさしく定まりてゆきてやさしく蜘蛛を殺めつ

こゑもたぬ蜘蛛はこゑなきまま死してしじまを満たす無音といふ音

夜の窓にうつれる男を睨みするゑ「ソモサン」と問へど「セッパ」返らず

夜をふくむ南の島の焼酎のほの甘き香に攫はれてゆく

焼酎の明快、至純、透明な酔ひめぐりきて心《しん》ほの明る

いくたびの嵐に揉まれこし舟かわが乗る舟をいとほしみ撫づ

老い傷む箇所を探りに今日われは船渠《せんきよ》にひと日泊てむと出で来

致命的故障なけれど歳なりの老朽箇所を指摘されをり

桜木の下に乗込鮒《のつこみぶな》のごと人あふれ春は狂気をはらむ

気をゆるしわれに背を向け坐りゐる猫の無防備な後姿《うしろ》が好きだ

## 卒業

卒業といふ語のまとふ感傷をふりはらひがたく今日はゐるなり

式場に居並ぶ三百十六人と私が今日もて学舎を去る

卒業生氏名点呼

ひとりひとりの名前呼び終へ心中《しんちゆう》に（そして私）と付け加へたり

「ご勇退おめでとう」とぞ言はれたり「卒業おめでとう」と言ひし返しに

十人分面倒かけしSくんが代表として花束くるる

その笑顔に騙されてきた気もするが騙されてきて良かつたのだらう

十八歳と六十五歳が握手して前途を祝ひ合ふこそよけれ

退職を妻に告げしとき言はれたり「生徒に好かれる先生でしたか」

妻はいま校長の顔にもどりゐて私を査問するごとく言ふ

頂きし花束の中のユリの香にむせてくしやみす　良き教師たりしか

花西行

送らるる側となりたる送別会身の置きどころなくて過ぎゆく

業績を水増し気味に言はるるを弔辞に似ると思ひつつ聞く

送別会は生前葬に近ければにこやかに笑む遺影のごとく

つぎつぎに現はるるビール、酒、ワイン遣り過ごさんと烏龍茶に替ふ

ありがたしありがたけれどもうわれは午前十時の朝顔のやう

六十人に取り囲まれて過ごしたる二時間がほどに困憊したり

送別会終へて戻ればマンションに母胎のごとき暗がりが待つ

教職にありたる三十七年の茫々として夜陰うづまく

「疲れた」と言へば「ご苦労さま」と言ふ声せり水漬《みづ》く花の方より

学校に遺しし小《ち》さき足あとの相談室と人権教育

こころ病む子の殖えこしはバブル期の終はらんとする頃と記憶す

バブル期をくぐりしのちをニッポンの背骨ゆがめり国土のさまに

送別会五つこなして這ふ這ふの態《てい》に迎へし弥生の下浣《げくわん》

知らぬ間に庭のまんさくが花芽だし枝ほつほつに黄の色つづる

胡麻だけを固めた肥後の胡麻せんべい齧れば肥後の陽の匂ひせり

花便り土佐より届きたる朝の東京の空ひかり凜《さむ》しも

寝袋を背負ひて桜追ひ行かな花西行と同行二人

世捨て人西行の生の仄《ほの》まとふ女人のかげと飛花の光と

花恋慕する西行の心《しん》ふかくひとりの女人棲むと思ひき

# あとがき

本歌集は私の第八歌集に当たり、前歌集『天意』（二〇一〇年刊）以後の二〇一〇年春から二〇一四年春までの作品四四四首を制作順に収めました。

この期間はことさらに歌が作りづらい状況にあったように思います。二〇一一年三月十一日の東日本大震災は言うにおよばず、それに伴う原発事故、世界規模で頻発するテロリズム、経済不況、屈折した事件や悪質な犯罪の増加、あからさまに右傾化する国政等々、こういう状況に取り巻かれて何を歌うのか、どう歌うのか、そもそも歌とは何なのか、こんな青臭く根源的な問いが私を苦しめました。

加えて私自身の事情もそこにはありました。十一年前に脳動脈瘤破裂で倒れた妻は、いまだに入院生活を余儀なくされていますし、二〇一四年春には教師を定年退職しました。この教師としての三十七年間、私はいったい何をしたのかという問いも私を苦しめました。バブル期にさしかかったころ、世の浮かれ気分に背を向けるように教職を選んだときには、教育というものの力を信じてそれなりの理想や目標があったのですが、いざ退職してみると何ほどのものも実現し得ていないという現実にうちひしがれました。

それでも歌を作るときは気持ちを奮い立たせて、人間や世界をおおらかにとらえ、自然や動植物に心を寄せて、生きる喜びを歌おうと努力しました。ただ、努力するということはすでに自然体ではないのかもしれません。

いま私の中で、人間を信じて未来を祝福したいという思いと、人間の未来に対するペシミスティックな気分とが葛藤しています。こうやって一冊にまとめてみますと、こもごもに交錯するそんな感情が一首一首となって苦しい表情を晒しているようです。

そんな貧しい作品ながら、「現代短歌」創刊に当たって二十首連載の機会をいただいたのはかたじけないことでした。二〇一三年から二年間にわたった連載作品の全部はここに収録できませんでしたが、この歌集の核となっていることは確かです。社主の道具武志様、出版の世話をしてくださった今泉洋子様、またすてきな装幀をしていただいた間村俊一様に心より御礼申し上げます。

二〇一六年九月五日

桑　原　正　紀

歌集 花《はな》西《さい》行《ぎやう》　コスモス叢書第1113篇

平成28年11月１日　第１刷発行
平成29年４月14日　第２刷発行

著　者　桑　原　正　紀
発行人　真　野　　　少
印　刷　㈱キャップス
発行所　**現代短歌社**

〒113-0033 東京都文京区本郷1-35-26
振替口座　00160-5-290969
電　　話　03（5804）7100

定価2500円（本体2315円＋税）
ISBN978-4-86534-182-9 C0092 ¥2315E